奇　跡

—ミラクル—

長田弘

みすず書房

奇跡　―ミラクル―　目次

詩集　奇跡　―ミラクル―

幼い子は微笑む

声をあげて、泣くことを覚えた。
泣きつづけて、黙ることを覚えた。
両の掌をしっかりと握りしめ、
まぶたを静かに閉じることも覚えた。
穏やかに眠ることを覚えた。
ふっと目を開けて、人の顔を
じーっと見つめることも覚えた。
そして、幼い子は微笑んだ。
この世で人が最初に覚える

ことばではないことばが、微笑だ。
人を人たらしめる、古い古い原初のことば。
人がほんとうに幸福でいられるのは、おそらくは、
何かを覚えることがただ微笑だけをもたらす、
幼いときの、何一つ覚えてもいない、
ほんのわずかなあいだだけなのだと思う。
立つこと。歩くこと。立ちどまること。
ここからそこへ、一人でゆくこと。
できなかったことが、できるようになること。
何かを覚えることは、何かを得るということだろうか。
違う。覚えることは、覚えて得るものよりも、
もっとずっと、多くのものを失うことだ。
人は、ことばを覚えて、幸福を失う。

そして、覚えたことばと
おなじだけの悲しみを知る者になる。
まだことばを知らないので、幼い子は微笑む。
微笑むことしか知らないので、幼い子は微笑む
もう微笑むことをしない人たちを見て、
幼い子は微笑む。なぜ、長じて、人は
質《ただ》さなくなるのか。たとえ幸福を失っても、
人生はなお微笑するに足るだろうかと。

ベルリンはささやいた　ベルリン詩篇

ファザーネン通りの小さな美術館で
紅いケシの花を額にのせた
死顔のデッサンを見た。
一九一九年一月十五日の夜、
至近距離から銃で撃たれ、
蜂の巣状にされて路上に捨てられ、
身元不明の死体として
市の死体置場にまわされて
死んでいった男の、額の上の紅いケシ。

画家のケーテ・コルヴィッツが
カール・リープクネヒトの死顔の
木炭画の上に描きのこしたのは、
死者の額から流れおちた血の花弁だった。
雨ふりしきるグルーネヴァルト駅の
十七番線ホームで見たのは、
紅いガーベラの切り花だった。
ベルリンのユダヤ人を運んだ
アウシュヴィッツ行きの
ドイツ帝国鉄道の貨車の始発ホーム。
出ていった列車の数とおなじ数の
鉄板を銘板にして敷きつめた、
それは、いまは、どこへも行かない

人影のないホームだった。
一九四四年十二月七日、
アウシュヴィッツへ三十人輸送。
ただそうとだけ刻まれた
雨にぬれた鉄板の一枚の上に
置かれていた、三本の紅いガーベラ。
死よ、死よ、おまえはどこなの――
ベルリンはささやいた。おまえの足の下だよ――

ベルリンのベンヤミン広場にて　ベルリン詩篇

冷たい雨が降っていた。
冬の匂いのする雨だった。
大きな並木のつづく
静かなヴィーラント通りでは、
おびただしく散る黄葉が、
舗道の上に、葉のかたちを、
地模様のように染めつけていた。
雨の日、ベルリンでは、いまも
森を歩くように、街を歩くことができる。

人影をみない。物音が遠ざかる。
枯れた小枝が折れて
ポキッと音を立てるように、
街の名だけがひそやかに語りかけてくる。
ヴァルター・ベンヤミン広場《プラッツ》。
昔、ナチスの手を逃れて
この街を去って帰らなかった
一人の名が、ベルリンで
最後の日々を過ごしたここに遺っている。
そのときここで、その人は書こうとしていた。
人の喪ってはならないものについて。
幼年時代という、永遠の故郷について。
いまは一階だけ細い回廊になった、

整然とした二つの灰色のビルが
双子のように向きあって、
花崗岩の敷かれた
長方形の広場を挟んでいる。
日の影はない。通ってゆく人もいない。
時が停まったように、
広場の噴水は停まっていた。
歴史は記憶にほかならない。だが、
現在というのは清潔な無にすぎないのだ。

ベルリンの本のない図書館　ベルリン詩篇

ここが、そこだった。
そこでできることは二つだった。
立ちどまること。しゃがみこんで、
黙って、足下を覗《のぞ》きこむこと。
清潔な敷石だけの、静かな広場の真ん中に、
窓のように、一メートル四方の
ガラス板が敷かれている。
ガラス板の下は、明るい光の部屋だ。
誰も入れない、地下の、方形の部屋の、

四面はぜんぶ真っ白な本棚で、
本棚に本は一冊もない。
ここが、そこだった。
ベルリン、一九三三年五月十日夜、
空疎な精神は火に投じられなければならないと、
そして本を自由に読むことは犯罪であると、
二万冊の本が、ナチスの突撃隊の手で、
集まった大勢の人びとの目の前で
深更まで燃やしつづけられた、
オペラ座広場、いまベーベル広場の、
ここが、そこだった。
日の暮れ、薄闇が忍んでくると、
樹木一本、街灯一つ、ベンチ一つない、

灰色の石畳だけの、石の広場の、
本のない本棚しかない地下の部屋の、
（その部屋は「図書館」とよばれている）
明るい光が、赤い心臓のように、
そこだけ、いよいよ明るくなって、
敷石の上に滲むようにひろがってきた。
本は文字を記憶に変えることができるのだ。
だから一冊の本もない図書館がある。
ここが、そこだった。

ベルリンの死者の丘で

ベルリン詩篇

何もなかった。表示も、門も、柵もない。
どこからも入れて、どこからも出られる。
花々も、ことばもない。何の飾りも。
すべて、幅九十五センチで、
高さ長さだけがそれぞれに違う、
コンクリートの、灰色の、直方体の、
どんな碑銘ももたない、石碑しかない。
数、二千七百十一。その、犇《ひし》めく
石碑と石碑のあいだを、石碑とおなじに、

きっかり、幅九十五センチの通路が、
縦横、真っ直ぐに、つづいている。
沈黙という沈黙を、誰かが、
ていねいに、折り畳んだかのように。
冬が近いのだ。日差しも、影も、
ベルリンでは、おどろくほど、鋭かった。
それは、古い街の、古い路地のようにも見えた。
新しくつくられた、新しい迷路のようにも見えた。
細い通路の先を、人影が、ふっと横切って、
すーっと消えた。もう、誰もいない。
ブランデンブルク門の、すぐ南のところ。
ホロコースト記念碑とよばれる、
空につづく、石の丘のような場所。

道をはさんだ、向かい側は、
緑濃い、大きな樹木に埋もれた、
広大な公園、ティーアガルテンの東の門で、
そこに、ゲーテの、古い汚れた銅像が立っていた、
死者たちの、石の丘のほうに、顔を向けて。
いや、詩人の視線の、先にあったのは、
石の丘の上に、無のようにひろがる、
すばらしく澄んだ、青空だ。

夏の午後、ことばについて

すべては、ことばからはじまる。
概念ということばが、そうだった。
概念は、明治になってつくられた
新しい時代の、新しいことばだった。
近代という時代が欲したことばだった。
それから、この国が生きてきたのは、
よくもあしくも、ずっと概念の時代だった。
概念。「英語、Concept ノ訳語。
感覚ニヨリテ得ル、諸種ノ智識。

其相違ノ点ヲ省キ、
類似ノ点ノミヲ綜合シテ、
普通智識ヲ作ル意識ノ作用」（大言海）
概念についての、この大言海の字義が好きだ。
「感覚ニヨリテ得ル智識」を働かすこと。
そう、社会であるとか、未来であるとか、
希望であるとか、個人であるとか、
そこにあると指さすことのできないもの、
事物ではないもの、
かたちをもたないもの、
ただ概念でしかないものを、
確かな感触をのこすことばとして、
じぶんの実感できるものに変えてゆく術を

どうやって体得してゆくか——
すべてはそこから、ことばからはじまる。
(私たちは、多くの嘘いつわりを、
真実のように話すことができます。
けれども、私たちは、その気になれば、
真実を語ることもできるのです)
夏の午後、向日葵を揺らしてゆく風の音。
ムーサ(ミューズ)たちが囁いている風の声。

夕暮れのうつくしい季節

土の匂い、草の匂い、
水の匂いが、さっと流れ込んできた。
すると、開け放たれた
汽車の窓から、
半身を乗りだした少女が、
腕を勢いよく、左右に振って、
蜜柑を、五つ六つほど、
暮れなずむ空に、投げ上げたのである。
暮色を帯びてひろがる風景と、

空に舞う、数個の蜜柑の、
暖かな日に染められた
鮮やかな色と。——
蜜柑は、空に舞って、
瞬く間もなく、後ろへ飛び去った。
起きたことは、ただ、それだけである。
が、不思議に朗らかな心もちが、
昂然と、湧き上がってきたのである。
そう書きしるしたのは、そのとき、
その汽車に乗っていた芥川龍之介だった。
そうして、疲労と倦怠と、切ないほど
不可解な、下等な、退屈な人生を、
私は、僅かに、忘れることができたのであると。

夕暮れのうつくしい季節がめぐってくると、
芥川龍之介の夕暮れのことばを思いだす。
ずっと、空を見上げていたくなる。
いつまでも、日が暮れるまで。
ほぼ百年前、汽車の窓から、
誰とも知られない少女が投げ上げた
鮮やかな色の蜜柑が、ばらばらと、
希望のように、心の上に落ちてくるまで。

花の名を教えてくれた人

ショウブは菖蒲ではない。
アジサイは紫陽花ではない。
それから、ハギも萩ではない。
樹もそうなのだ。ケヤキは
欅でない。シラカバは白樺でない。
ボダイジュも菩提樹でない。
日本の草や花や樹に当てられた
漢名は、古いむかしの中国で
まったく別の草や花や樹をいう名だった。

江戸の本草学者たちが誤ったのだというのだが、
たとえそうだとしても、ショウブは菖蒲、
アジサイは紫陽花、ハギは萩だ。
ケヤキは欅、シラカバは白樺、ボダイジュは
菩提樹だ。草や花や樹の漢名は、
人がその名で、何を胸底に畳んできたか、
記憶の名、それも、微かな記憶の名、
誰とも頒《わか》つことのできない思い出の名、
そうして、ときにはすべて忘れてしまった
忘却のしるしを、ありありと感覚させるのだ。
秋、花屋の店先で、
深い紫紺の花束を見た。
リンドウは竜胆と書くのだと、

遠い少年の日に教えてくれた人がいた。
竜胆が咲きだす季節の前にその人は逝った。
草や花や樹の漢名は、
どこかに死の記憶を宿している。
その人について覚えているのは、
竜胆という心を染める花の名だけだ。
花の名には秘密がある。花の名は花の名を
教えてくれた人をけっして忘れさせないのだ。

空色の街を歩く

空気が澄んでいる。
道の遠くまで、
あらゆるものすべてが
明確なかたちをしていて、
街の何でもない光景が
うつくしい沈黙のように
ひろがっている。
家々の屋根の上の
どこまでも、しんとして

透き通ってゆく青磁の空が、
束の間の永遠みたいにきれいだ。
思わず、立ちつくす。
両手の指をパッとひろげる。
何もない。――
得たものでなく、
失ったものの総量が、
人の人生とよばれるものの
たぶん全部なのではないだろうか。
それがこの世の掟だと、
時を共にした人を喪って知った。
死は素《す》なのである。
日の光が薄柿色に降ってくる

秋の日の午後三時。
街の公園のベンチに、
幼女のような老女が二人、
ならんで座って、楽しげに、
ラッパを吹く小天使みたいに
空に、シャボン玉を飛ばしていた。
天までとどけシャボン玉。
悲しみは窮まるほど明るくなる。
秋の空はそのことを教える。

未来はどこにあるか

冬の日差しが差し込む
二つならんだ細長い窓の前、
二つの脚立に、差し渡しただけの、
大きな一枚板が、わたしの机。
引き出しがないので、
何も隠すことはできない。
机の上に、無造作に、
散らばっているとしか見えない、
小さなもののすべてが、

今日という、とりあえずの、
人生の一日に、必要なもののすべて。
ウィンドウズXPの、古いパソコン。
古い新聞の、古い切り抜き。
読みさしの本、いくつか。
ジョン・ニコルズの、空の写真。
あるいは、チャールズ・アイヴスの、
コンコード・ソナタのCD。
けれども、未来はどこにあるか。
机の上に、雑々と、散らばる
小さいものたちのあいだの、
どこに、未来はまぎれているか。
未来。未ダ来ラヌ時、後ノ時。

明治二二年の辞書からの書き抜き。
けれども、いま、未来はどこにあるか。
ある日、東北の、釜石から
送られてきた、手づくりの句一つ。
「三・一一神はゐないかとても小さい」
未来はいまも、未ダ来ラヌ時だろうか。
もう、そうではないのではないか。
いま、目の前にある、
小さなものすべて。
今日という、不完全な時。
大切なものは最上のものなのではない。

涙の日　レクイエム

あるところに、女がいた。
男がいた。走りまわる
子どもたちがいた。じぶんを
羊だと思っている年寄りもいた。
来る日、来る日、慈しむように
キャベツをそだてる人がいた。
道を尋ねるように、未来は
どっちですかと　尋ねる人もいた。
石の上にはトガゲが、池には

無名の哲学者のような
ツチガエルがいた。
遠く赤松の林がみごとだった。
そうして、一日一日が過ぎたのだ。
そうして、無くなったのだ。
それら、すべてが、
いちどきに。
いつもとおなじ、春の日に。
そうして、一日一日が過ぎたのだ。
そうして、いつもの年のように、
やがて、朱夏がきて、
白秋がきて、柿畑に柿は
実ったが、収穫されなかった。

その秋、ヒヨドリたちは
啼き叫んで、空をめぐったか？
絶望を語ることは、誰もしなかった。
けれども、女も、男も、
大声で笑うことをしなくなった。
風巻く冬が去って、
陽春が、いつものように、
めぐり、めぐり来ても。

この世の間違い

春、暖かな日がきたら、草とりをする。
家のまわり、日の当らない、冷たい場所に、
いっせいに、びっしりと、生えでてくる、
幼い、名も知らない、草たちの草とり。
身を屈め、草たちをぬいてゆく。
ニガナ？　ノミノツヅリ？　ホトケノザ？
荒れた草をぬき、土をととのえる。
そして、風の小さな通り道をこしらえる。
ここは、家と家のあいだの、

ほんのわずかな隙間にすぎないのに、
ここには、神々の世界がある。
日の翳り。風の一ひねり。するどい
鳴き声をのこして飛び去るキセキレイの影。
白木蓮の落ちた花片。枝々の先の新芽。
沈丁花の匂いがする。ここでは、
どんな些細なものにも意味がある。
ここからはこの世の間違いがはっきり見える。
ゲーテの言った、この世の間違いが。
限界を忘れて、神々と力競べしようとした
人間たちの冒した、この世の間違いが。

人の権利

木立の上に、
空があればいい。
大きな川の上に、
風の影があればいい。
花と鳥と、光差す時間、
そして、おいしい水があれば。
僅かなもの、ささやかなものだ、
人の生きる権利というものは。
朝、お早うという権利。

食卓で、いただきますという権利。
日の暮れ、さよならまたねという権利。
幸福とは、単純な真実だ。
必要最小限プラス１。
人の権利はそれに尽きるかもしれない。
誰のだろうと、人生は片道。
行き行きて、帰り着くまで。

おやすみなさい　セレナード

おやすみなさい森の木々
おやすみなさい青い闇
おやすみなさいたましいたち
おやすみなさい沼の水
おやすみなさいアカガエル
おやすみなさい向日葵の花
おやすみなさい欅の木
おやすみなさいキャベツ畑
おやすみなさい遠くつづく山竝《やまなみ》

おやすみなさいフクロウが啼いている
おやすみなさい悲しみを知る人
おやすみなさい子どもたち
おやすみなさい猫と犬
おやすみなさい羊を数えて
おやすみなさい希望を数えて
おやすみなさい桃畑
おやすみなさいカシオペア
おやすみなさい天つ風
おやすみなさい私たちは一人ではない
おやすみなさい朝《あした》まで

猫のボブ

赤と白のサザンカが咲きこぼれる
緑の垣根のつづく冬の小道で、
猫のボブが言った。平和って何？
きれいな水？　皿？　静けさ？
それからは、いつも考えるようになった。
ほんとうに意味あるものは、
ありふれた、何でもないものだと。
魂のかたちをした雲。
樹々の、枝々の、先端のかがやき。

すべて小さなものは偉大だと。

幸福の感覚

口にして、あっと思う。
その、ほんの少しの、
微かな、ときめき。
あるいは、ひらめき。
とっさに、心に落ちて、
木洩れ陽のようにゆらめく
何か。幼い妖精たちの、
羽根の音のような、
どこまでも透き通った明るさ。

食事のテーブルには、
ほかの、どこにもない、
ある特別な一瞬が載っている。
そこにあるもの、目に見えるもの、
それだけでなくて、そこにないもの、
目には見えないものが、
食卓の上には載っている。
心の、どこかしら、
深いところにずっとのこっている、
じぶんの、人生という時間の、
匂いや、色や、かたち、
あるとき、ある場所の、
あざやかな記憶。——

食事の時間は、なまめかしいのだ。
幸福って、何だろう?
たとえば、小口切りした
青葱の、香りある、きりりとした
食感が、後にのこすのが、
幸福の感覚だと、わたしは思う。
人の一日をささえているのは、
何も、大層なものではない。
もっと、ずっと、細やかなもの。
祖母はよく言ったものだった。
なもむげにすでね。
(何ごとも無下にしない)

晴れた日の朝の二時間

朝、七時に、目を覚ます。
そのまま、じっとして、
閑却の時を数えて、
八時になったら、起きる。
まっさきに、猫の餌をつくり、
それから、冷たい水で、顔を洗い、
カーテンをあけ、窓をあけて、
ドアを叩く天使の、錆びた鉄の拳の
ノッカーの付いた、玄関の木のドアをあけて、

外にでて、仰いで、空の色を確かめて、
巡りくる季節の変わらぬ友人である
家の周りの木々と小さな花々に
水を遣り、傷んだ葉と花片を摘み、
湯呑み茶碗一杯分の湯を沸かし、
トウモロコシのヒゲの茶を淹れて、
束の間、顔の先に流れる、
こんな微かな匂いをよろこびとしてきた
人の日のいとなみのふしぎに歎息する。
日溜まりのなかに、猫の影。
目を閉じると、まぶたの裏に、
ヒヨドリたちのさえずりが、
さざなみのようにひろがってくる。

朝の光にさいわいあれ。
たとえ、四方すべて壁であっても、
何もない空間に、穴をあけて、
戸口をあけ、窓をあければ、家になる。
何もない空間が、住むことのはじまりなのだ。
波荒い朝の浜辺にのこる貝殻のように、
夜半過ぎに読んだ古代中国の人、
ラオ・ツーのことばが胸底にのこっている。

金色の二枚の落ち葉

部屋の壁に、落ち葉を二枚、
額に入れて、二年前、絵のように飾った。
晩秋の郊外の森の道で拾って、持って帰った、
カエデとカツラの、きれいな落ち葉だ。
落ち葉は、いのち尽きた葉だ。
けれども、二枚の落ち葉は、かたちも、色合いも、
風合いも、まだすこしも損なわれていない。
時は過ぎゆくが、時の外に、落ち葉はとどまる。
ときどき目を上げて、壁の二枚の落ち葉を見つめる。

部屋に金色の日差しが入りこんでくる日は、
二枚の落ち葉は甦ったようにかがやく。
いまここに、何が、落ち葉をかがやかせるのか。
落ち葉の小さな神がかがやかせているのだと、
わたしは言う。小鳥屋のおじさんが、
遠い日に、幼いわたしに話してくれたみたいに。
万物すべて、小さな神とともに生きているんだ。
笑いながら、小鳥屋のおじさんは言った。
おじさんは左手がなかった。戦争に行って無くした。
でも、あるんだよ。そう言って、おじさんは
右手で、左手のあった場所を指さした。
この何もないところに、いまも
左手の小さな神がいる。

ツツーピー、ツッピー、四十雀が叫んだ。
わたしは、小鳥屋のおじさんにおそわった、
何もないところにいる小さな神の存在を信じている。
壁のカエデとカツラの落ち葉を見ると、思いだす。
この国の、昭和の戦争の後の、小さな町々には、
すべてのことを自分自身からまなび、
「視覚は偽るものだ」と言った
エペソスのヘラクレイトスのような人たちが、
まだいたのだ。子どもたちのすぐそばに。

Home Sweet Home

敵なしにはありえない戦争。
憎しみをもって打ち倒すまで敵と戦う戦争。
いつでも戦争は、そう考えられてきた。
違う、とわたしはわたしに言った。
敵を打ち倒すべき戦争によって
危うくされてきたのは、敵ではなくて、
いつでもHomeだったのだ。
Homeというのは、人が
そこへ帰ってゆく場所のことだ。

わたしはわたしに言った。戦争くらい、
Homeというものをつよく、
するどく意識させるものはない。
戦争にいったものは、死んだ者も
生き残った者も、かならず、
Homeへ帰らなければならないからだ。
それが戦争だ、とわたしはわたしに言った。
Home Sweet Homeという
ことば、知ってる?
アメリカを激しく引き裂いた
南北戦争に至る時代が生んだ歌のことば。
暗殺された悲しい目をした大統領が
愛したということば。すべての

戦争の目標は、戦闘でなく、帰郷なのだ。
わたしはわたしに言った。
紅茶にしよう。ピラカンサの実が、
日の光をあつめて、今年も赤く色づいてきた。
季節と共にある一日の風景が好きだ。
これがHomeだ、とわたしはわたしに言う。
戦争をしない国にそだったのだから、
わたしは心底に思い留める。世に
勝者はいない。敗者もまた、と。

北緯50度線の林檎酒

それにしても、いったい何のために、
こんなところにきてしまったのだろう?
旅の物語はその自問からはじまると、そう
教えてくれたのはチェーホフの『サハリン島』だ。
帝政ロシアの流刑地の島への、長い旅の記録だ。
サハリンを真っ二つにするのが北緯50度線。
世界地図帳をひろげて、北緯50度線を西へとたどる。
シベリアと中国東北部の国境を左岸右岸に分けて
浩然と流れてくるアムール河を突っ切って、

ブラゴヴェシチェンスクを過ぎ、
モンゴルを一気に過ぎると、セミパラチンスクだ。
ソヴェト・ロシアの核実験場のあった
北緯50度線の街。さらに西へゆけば、
キエフ。そのすぐ北がチェルノブイリだ。
北緯50度線を地図帳でたどると、おどろく。
目に見えない緯度は、地図上の線にすぎない。
その見えない緯度がすべての歴史をむすんでいる。
アウシュヴィッツ強制収容所の街、
オシフィエンチムも、またそうなのだ。
ポーランドの、北緯50度線の街なのだ。
死者たちはいまも若いまま生きているのだ。
チェーホフは記した。北緯50度線の岬の灯台は、

夜の闇のなかに明るくかがやき、流刑地が
真っ赤な瞳で、世界を眺めているかに思える、と。
アウシュヴィッツの西、百塔の街プラハもそうだ。
カフカの生きたのは、北緯50度線の街だった。
いま、ここに在ることは、奇跡のようなものだと
言ったのが、カフカだった。そのことを、
人は信じることができなくてはいけないのだ、と。
冷たい冬の夜には、林檎酒を熱くして飲む。
——せめても世界があたたかく感じられますように。
北緯50度線の街フランクフルトで覚えた味だ。

ロシアの森の絵

果てしない森の静寂。
緑濃い森のうえの、
乳白色の空のひろがり。
遠く光る一すじの河の流れ。
森のはずれ、咲き散る白い花々。
雨の樫林を遠ざかってゆく人。
深い森のなかに、恩寵のように、
射しこんでくる日の光。そうして、
無言の光景の、ずっと奥のほうから、

仄かに伝わってくるぬくもりのようなもの。
わたしは、十九世紀ロシアの
風景画家たちの森の絵が好きだった。
森の樹の葉の一枚一枚まで、
精細に、ひたぶるに描ききって、
空色の大気を呼吸する
森のすがたしか
生涯描くことをしなかった、
たとえば、イワン・シーシキンの森の絵が。
森の佇まいが描かれているだけなのに、
その森の絵には、ひそやかな気高さがあって、
何でもない森の光景にすぎないのに、
あたかも聖なる風景のような。——

風景画は絵の一つというのとはちがう。
それはまったく独自の芸術だったのだ。
人はこの世界の主人公ではない。
自然の一部にすぎない。エゴは存在しない。
イワン・シーシキンの森の絵はそうだったのだ。
風景画家が没したのは二十世紀前夜だった。
それから後の、この星の、この世界の、
不幸は何だと思う?
それから到来したのは、
ゆたかでまずしい時代だった。
わたしたちは、畏れることを忘れた。
ツユクサの露を集めて、顔を洗うことを忘れた。

徒然草と白アスパラガス

日々に必要なものがあれば、
ほかに何もないほうがいいのだ。
なくてはならないものではなかった。
なくていい。そう思い切ることだった。
ある日、卒然と、そう思ったのだ。
何がなくていいか、それが、人生の
たぶんすべてだと。それは本当だった。
不要なものを捨てる。人生はそれだけである。
最初に「いつかは」という期限を捨てる。

それから「ねばならない」という言い草を
捨てる。今日という一日がのこる。
その一日を、せめて僅かな心遣りをもって、
生きられたら、それで十分なのだと思う。
昨夜、西麻布の、小さなクッチーナで、
南ドイツ産の柔らかな白アスパラガスを食べた。
そのとき、ウンハイムリッヒという、
遠い日に確かゲーテについて書かれた
本を読んで覚えたドイツ語を思いだした。
ゲーテは詩のことばを、殊更めいた
ウンハイムリッヒなものとはしなかったと。
ウンハイムリッヒには気味わるい意と、
そして故郷になじまない意とがある。

この世ならぬ彼岸にあこがれて、
陰気で、凄まじいことばに誘われて、
眼の前に在るものの深い意味を見ない。
そうしたウンハイムリッヒぶりから、
シンプルでおいしい白アスパラガスのように、
詩のことばをシンプルに、自由にする。
新しい真実なんてものはないのだ。
人は自然とは異なった仕方で
存在するものではないのだから。
徒然草、第百四十段に言うならく、
朝夕なくてかなはざらん物こそあらめ、
その外は何も持たでぞあらまほしき。

ときどきハイネのことばを思いだす

もう二百年も前、ハイネは旅上で書きとめた。
大きな戸棚に向き合って
熱いストーブの後ろに、
ひどく歳をとった
おばあさんが静かに腰かけている。
二十五年もそこに、ずっと腰かけている。
古ぼけた布地の花模様のおばあさんのスカートは、
おばあさんの死んだ母親の
花嫁姿の衣裳だ。

おばあさんの足元に曾孫の少年が座って、
スカートの花の数を数えている。
おばあさんは少年にいろいろな話をする。
縫い針や留め針が仕立て屋の家からでてきて
夜の道で迷ったり、藁と石炭が
川を渡ろうとして溺れたり、鋤と鍬が
階段の上で喧嘩して殴り合ったり、
血の滴りがいきなりふしぎな言葉で話しはじめたり。
おばあさんはもうずっと前に死んだ。
少年はすでに死を間近にする老人になって、
大きな戸棚に向き合って
熱いストーブの後ろに静かに座っている。
老人は、むかし、おばあさんに聞いた、

物言わぬものたちの話を、孫たちに、
ことばを手渡すように、ゆっくりと話す。
古い物語を通して、すべての物が
語るのを聞き、すべての物が
動くのを見る。――
ときどきそのハイネのことばを思いだす。
深い直感をもって、日々を丁寧《ていねい》に生きること。
小さな神々が宿っているのだ、
人の記憶や習慣やことばのなかには。

ウィーン、旧市街の小路にて

曲がりくねった道をゆくとき、
人は前へ前へ歩んでいるのでなく、
つねに隠されている何かによって、
奥へ、奥へと誘われているのだ。
百年前、ウィーンの人はそう言った。
それから百年の時間を経て、いま、
ウィーンの曲がりくねった道を歩く。
石でできた灰白色の街並みに沿って、
ときに建物の中庭へ入っていって、

咲きこぼれる花のそばを通って、
建物を突きぬけるようにして、
アーチを潜っていって、
反対側の通りへ出ていって、
血管のように旧い市街を巡ってゆく
細く薄暗い石畳の小路を折れて、
また、思わぬ小広場に出て、
立ちどまる。音もざわめきもない。
ふりむいても、人影はない。
窓の開かない建物のあいだに、
静かな日の影ばかりが落ちている。
もう見えないもの、聴こえないもの、
無くなったもの、無いものが、

後世に秘密のように遺したのは何だろう。
言いあらわせないもの、けれども、
ひたひたと充ちてあるもの、
空谷《くうこく》の跫音《きょうおん》だと思う。
グリュス・ゴット！
挨拶のなかに神さまのいる街。
小広場のカフェで、メランジェを啜る。
刻《とき》がくると、塔の鐘の音が、
波紋のように、夕空にひろがった。
鐘の音は、天翔ける
ウィーンの死者たちの足音だった。

the most precious thing

海に浮かぶ船の、
高いマストのてっぺんに、
時計をもつ天使がいて、
天使の時計からは、刻一刻と、
しずくが海に滴り落ちている。
天使が大声で叫んでいる。
また一分が流れ去った、と。
中世の宗教画で見たか、
本で読んだか、

その天使の叫び声で、
いまは、毎朝、目覚める。
紅茶を淹れる。紅茶の香りが
明るいキッチンにすっと流れる。
ムスカリ、ストック、サイネリア、
季節を裏切らず生きる花々に、
水を遣る。習慣が、
わたしのパトリアだ。
思想は揚言のうちにない。
行蔵《こうぞう》のうちにしかない。
いちばん貴いもののことを
考える。『幸福な王子』という、
誰でも知っているけれど、

大人になるともう誰も読まない、
凍てつく冬の童話のなかに、
オスカー・ワイルドが遺したことば。
the most precious thing
ゴミ山へ捨てられたいちばん貴いもの。
一人、目を瞑《つむ》り、思い沈める。
いつの世にも瓦礫のままに残されてきた
この世のいちばん貴いものについて。

賀茂川の葵橋の上で

低い山並《やまなみ》のつらなりをつつむ
淡い空気の色が、遠くから
やわらいできている。
二月、雨水《うすい》の頃、
京都賀茂川の葵橋を渡っていて、
思わず、立ちどまった。
空の青さはまだない。
風もまだおそろしく冷たい。
足元から冷えがすーっと上ってくる。

けれども、橋の上から見る
北山の、山ぎわの、色感の懐かしさ。
萌黄色が微かに染みだしている
あわいの季節の、灰青色の景色の慕わしさ。
浅く穏やかに流れてゆく
賀茂川の、さやさや、さやさや、
途絶えることなくつづいている水の音。
オナガガモが、群れなして、音もなく
飛び立ってはまた、静かに舞い降りてきた。
わたしは希望について考えていた。
そして、醍醐寺からの帰りに、タクシーの
運転手の言ったことばのことを考えた。
梅の開花が遅れとるようやけど、

言うても、梅のことやさかい、
時季がくると、それなりに、
そこそこは、咲きよるけどな。……
希望というのはそういうものだと思う。
めぐりくる季節は何をも裏切らない。
何をも裏切らないのが、希望の本質だ。
めぐりゆく季節が、わたし（たち）の希望だ。
死を忘れるな。時は過ぎゆく。季節はめぐる。
今夜は、団栗《どんぐり》橋角の蛸長《たこちょう》に、
花菜《はなな》（菜の花）のおでんを食べにゆく。

良寛さんと桃の花と夜の粥

川のほとりの道をたどって、
桃の花を眺めながら、
きみの家をたずねたのは、
去年の春、三月だった。
今日ふたたびたずねてきたら、
きみはもうこの世になく、
ただ桃の花だけが、
夕焼けに酔うように咲いていた。
遠い春の日の、良寛さんの詩だ。

桃の花咲く季節が巡りくると、
良寛さんの、その桃の花の詩が
しきりと人懐かしく思いだされる。
夕焼けを背にした桃の花の匂いのなかに
かすかに漂っている来世の匂い。
気づいたときには、もう
辺りはあたたかな薄闇につつまれている。
春は良寛さんのように、
月明かりの道を帰るのだ。
どこにもいない人と連れだって。
春宵、人の一生は行路でないと、
長い帰路だったと、ふかく感じる。
良寛さんは言わなかったか？

米と薪と詩があれば人生は足りると。
夜は、玉ねぎの粥をつくる。
みじん切りした玉ねぎを土鍋に入れて
煮干しからとった出し汁を注ぐ。
強火で煮立て、煮詰めて、
ごはんをくわえ、蓋をして、
弱火でじわじわと煮込む。
シンプリファイ！
おかずはただ一品、桃の花の匂いだ。
信じられないくらいおいしい夜の粥である。

いちばん静かな秋

石一つ一つ。木々の梢一つ一つ。
雲一つ一つ。水の光一つ一つ。
およそ、もののかたちの輪郭の
一つ一つが、隅々までも
くっきりと見えてくる。
そんな朝がきたら、
今年も秋がきたのだと知れる。
一つ一つがおそろしいほど精細な
すべての、かけらの、

いっさい間然するところない
集合が、秋なのだ。一つ一つの
うつくしいかけらがつくる秋のうつくしさ。
もしも誰かに、平和とは何か訊かれたら、
秋のうつくしさ、と答えたい。
かけら（Piece）と平和（Peace）とは、
おなじなのである。ピース（pí:s）。
おなじ音、おなじ響き、おなじくぐもり。
ことばには、いまでも、
神々の息の痕がそのままのこっている。
時は秋、日は真昼、大気澄み、
紅葉《もみじ》色づき、百舌《もず》鳴きて、
神々そらに知らしめし、

すべて世は事もなし。
かつてはそういった時代もあったのだ。
けれども、いまは、すべてが
ただ、束の間のうちに過ぎてゆく。
人の世の平和とは何だろうかと考える。
終日、シューベルトの「冬の旅」を聴く。
ああ、空がこれほど穏やかだとは！
ああ、世がこれほど明るいとは！

月精寺の森の道

色鮮やかな丹青《タンチョン》の山門をくぐると、
音もなく襲いかかってきたのは
静寂だった。
風雅とはちがう。
静寂とはことばを奪われることである。
気がついたときには、
静寂のなかにいた。
樅の森にいた。
空高くまっすぐに立っている

大きな樅の木々の下で、
立ちどまって仰ぎ、
また、立ちどまって仰ぐ。
木の間がつくる影の濃淡。
息をのむような枝々の静もり。
すべてが森閑としていて、
日の光はあたたかさをもたず、
木立のあいだ、木立の向こうには、
冬の気配がするどく迫っていた。
韓国江原道《カンウォンド》、五台山月精寺《オデサンウォルジョンサ》。
仏たちの千年の智慧の深くとどまるところ。
ことごとくの葉を落として、
白い骨のように突っ立った橅《ぶな》の木。

キツツキの穴をのこす暗い幹。
無残に倒れたままの大きな洞の木。
落葉敷く法堂への道すがら、
十八世紀の朝鮮の地理書で読んだ
打っ切ら棒な詩を思いだす。
名僧去ろうとも花は樹に生じ、
故国興りまた亡んでも鳥は空を渡る。
ことばを奪う静寂を、わたしは信じる。
ことごとしいことばは頼まない。

奇跡 ——ミラクル——

庭の小さな白梅のつぼみが
ゆっくりと静かにふくらむと、
日の光が春の影をやどしはじめる。
冬のあいだじゅうずっと、
緑濃い葉のあいだに鮮やかに
ぽつぽつと咲きついできたのは
真っ白なカンツバキだったが、
不意に、終日、春一番が
カンツバキの花弁をぜんぶ、

きれいに吹き散らしていった。
翌朝には、こんどは、
ボケの赤い花々が点々と
細い枝々の先の先まで
撒いたようにひろがっていた。
朝起きて、空を見上げて、
空が天の湖水に思えるような
薄青く晴れた朝がきていたら、
もうすぐ春彼岸だ。
心に親しい死者たちが
足音も立てずに帰ってくる。
ハクモクレンの大きな花びらが、
頭上の、途方もない青空にむかって、

握り拳をパッとほどいたように
いっせいに咲いている。
ただここに在るだけで、
じぶんのすべてを、損なうことなく、
誇ることなく、みずから
みごとに生きられるということの、
なんという、花の木たちの奇跡。
きみはまず風景を慈しめよ。
すべては、それからだ。

詩注

ベルリンはささやいた　死よ、死よ、…（ネリー・ザックス、綱島寿秀訳）

ベルリンのベンヤミン広場にて　ヴァルター・ベンヤミン（一八九二ベルリン―一九四〇ポルボウ）

ベルリンの本のない図書館　ベルリン・ベーベル広場の「図書館」（ミハ・ウルマン作）

ベルリンの死者の丘で　ホロコースト記念碑（設計ピーター・アイゼンマン）

夏の午後、ことばについて　括弧内・ヘシオドス『神統記』（廣川洋一訳）より

夕暮れのうつくしい季節　芥川龍之介「蜜柑」（一九一九年）

未来はどこにあるか　引用・照井翠「震災鎮魂句集　釜石①」（のち句集『竜宮』）より

おやすみなさい　メゾソプラノのための歌曲　作曲・湯浅譲二（初演二〇一三年二月十日福島市音楽堂）

晴れた日の朝の二時間　ラオ・ツー（老子）

金色の二枚の落ち葉　エペソスのヘラクレイトス（ディオゲネス・ラエルティオス『ギリシア哲学者列伝』加來彰俊訳による）

Home Sweet Home　ジョン・ハワード・ペイン作詞、ヘンリー・ビショップ作曲。「埴生の宿」もしくは「楽しき我が家」として知られる

北緯50度線の林檎酒　チェーホフ『サハリン島』（原卓也訳）、ヤノーホ『カフカとの対話』（吉田仙太郎訳）による

ロシアの森の絵　イワン・シーシキン（一八三二―一九八）風景画家「樫林の雨」「果てしなき森」シーシキン（トレチャコフ美術館蔵）

徒然草と白アスパラガス　グンドルフ『若きゲーテ』（小口優訳）、徒然草（永積安明校注・訳、小学館版日本古典文学全集）による

ときどきハイネのことを考える　ハイネ『ハルツ紀行』（舟木重信訳）による

ウィーン、旧市街の小路にて　ウィーンの人　フーゴー・フォン・ホフマンスタール（一八七二―一九二九）「道と出会い」（檜山哲彦訳）による

良寛さんと桃の花と夜の粥　良寛詩集（入矢義高訳注）による

いちばん静かな秋　「時は秋、日は……」4行・正宗白鳥「他所の恋」による。終二行・「冬の旅」12孤独（石井不二雄訳）より

『奇跡―ミラクル―』三十篇は、季刊雑誌『住む』（二〇〇八年夏第二十六号〜一三年春第四十五号）に、Made in Poetry として連載された「幼い子は微笑む」ほか十八篇（二篇を除く）に、おなじ時期に発表された「猫のボブ」（文藝春秋〇九年二月号）以下の十二篇をくわえ、一冊の詩集として構想された。「ベルリンの本のない図書館」「ロシアの森の絵」「The most precious thing」（春風目録新聞、年二回刊、〇九年十一月十八日号、一二年四月二十三日号、一二年十月一日号）「幸福の感覚」（詩とファンタジー　二〇一〇年秋彩号）「ベルリンの死者の丘で」（明日の友二〇一〇年秋号）「空色の街を歩く」（季刊「びーぐる」第九号二〇一〇年十月）「この世の間違い」（読売新聞二〇一二年四月二十一日夕刊）「人の権利」（福島民報二〇一三年一月一日）「おやすみなさい」（Music from Japan　初演二〇一三年二月十日福島市音楽堂）「未来はどこにあるか」（婦人之友二〇一三年四月号・創刊一一〇年記念号）「奇跡―ミラクル―」（読売新聞二〇一三年四月二日朝刊）。

発表後、詩のおおくに推敲を徹底し、タイトルのいくつかを新しくし、本書を以て決定稿とした。

あとがき

ふと、呼びかけられたように感じて、立ちどまる。見まわしても、誰もいない。ただ、じぶんを呼びとめる小さな声が、どこからか聴こえて、しばらくその声に耳を澄ますということが、いつのころからか頻繁に生じるようになった。

それは風の声のようだったり、空の声のようだったり、道々の声のようだったり、花々や樹々の声のようだったり、小道の奥のほうの声のようだったり、朝の声や夜の声のようだったり、遠い記憶のなかの人の声のようだったりした。

そうした、いわば沈黙の声に聴き入るということが、ごくふだんのことのようになるにつれて、物言わぬものらの声を言葉にして記しておくということが、いつかわたしにとって詩を書くことにほかならなくなっているということに気づいた。

書くとはじぶんに呼びかける声、じぶんを呼びとめる声を書き留めて、言葉にするということである。『奇跡—ミラクル—』は、こうして、わたしはこんなふうに、このような声を聴き、それらの声を書き留めてきたという、返答の書となった。

「奇跡」というのは、めったにない稀有な出来事というのとはちがうと思う。それは、存在していないものでさえじつはすべて存在しているのだという感じ方をうながすような、心の働きの端緒、いとぐちとなるもののことだと、わたしには思える。

日々にごくありふれた、むしろささやかな光景のなかに、わたし（たち）にとっての、取り換えようのない人生の本質はひそんでいる。それが、物言わぬものらの声が、わたしにおしえてくれた「奇跡」の定義だ。

たとえば、小さな微笑みは「奇跡」である。小さな微笑みが失われれば、世界はあたたかみを失うからだ。世界というものは、おそらくそのような仕方で、いつのときも一人一人にとって存在してきたし、存在しているし、存在してゆくだろうということを考える。

「われわれは、では、何にたよればいいのか？　われわれが真なるものと、虚なるものとを弁別するのに、感覚よりたしかなものがあるだろうか？」（ルクレティウス「物の本質について」）

『奇跡―ミラクル―』の三十篇の詩は、幽明境を異にする時のかさなりのなかで、めぐりくる季節を数えながら、書き継がれた。『世界はうつくしいと』に引きつづき、Made in Poetry というタイトルの下で、変わらずこれらの詩を書きつづけるよう励まされた（連載はまだつづいている）季刊『住む』の編集長の山田きみえさんと発行人の伊藤宏子さんに篤く感謝する。

そうして、『奇跡―ミラクル―』という一冊の詩集に、（フィレンツェ、ウフィツィ美術館の）ロッソ・フィオレンティーノの、リュートを弾く小さな天使の絵に描かれた、音のない音楽を添えてくれた、みすず書房の尾方邦雄さんに心より感謝する。

（二〇一三年入梅）

著者略歴

（おさだ・ひろし）

詩人．1939年福島市に生まれる．1963年早稲田大学第一文学部卒業．毎日出版文化賞（82）桑原武夫学芸賞（98）講談社出版文化賞（2000）詩歌文学館賞（09）三好達治賞（10）などを受賞．

詩集『われら新鮮な旅人』（1965，definitive edition，みすず書房，2011）『メランコリックな怪物』（73/79）『言葉殺人事件』（77）（以上，現代詩文庫，思潮社）『深呼吸の必要』（84）『食卓一期一会』（87）（以上，晶文社）『世界は一冊の本』（94，definitive edition，みすず書房，2010）『黙されたことば』（みすず書房，97）『記憶のつくり方』（晶文社，98，朝日文庫，2012）『一日の終わりの詩集』（みすず書房，2000）『長田弘詩集』（自選，ハルキ文庫，03）『死者の贈り物』（みすず書房，03）『人はかつて樹だった』（みすず書房，06）『幸いなるかな本を読む人』（毎日新聞社，08）『世界はうつくしいと』（みすず書房，09）『詩ふたつ』（詩画集，画クリムト，クレヨンハウス，10）『詩の樹の下で』（みすず書房，11）．

エッセー『詩は友人を数える方法』（講談社文芸文庫，93）『定本　私の二十世紀書店』（99）『アメリカの61の風景』（04）『知恵の悲しみの時代』（06）（以上，みすず書房）『読書からはじまる』（NHKライブラリー，06）『本を愛しなさい』（みすず書房，07）『読むことは旅をすること—私の20世紀読書紀行』（平凡社，08）『アメリカの心の歌』（1996，expanded edition，みすず書房，12）『なつかしい時間』（岩波新書，13）など．

長田　弘
詩集
奇跡—ミラクル—

2013年 6月25日　印刷
2013年 7月 5日　発行

発行所 株式会社 みすず書房
〒113-0033 東京都文京区本郷5丁目32-21
電話 03-3814-0131(営業) 03-3815-9181(編集)
http://www.msz.co.jp

本文組版 キャップス
本文印刷・製本所 中央精版印刷
扉・表紙・カバー印刷所 栗田印刷

Printed in Japan
ISBN 978-4-622-07786-2
[きせき　ミラクル]
落丁・乱丁本はお取替えいたします